Les Ruraux

AVANT-PROPOS

Rassurez-vous, lecteur, ceci n'est point une préface ; c'est tout simplement un avertissement aux esprits chagrins, aux critiques malicieux, et aux gens mal inten'ionnés, de ne pas mettre, comme dit Martial, leur esprit dans cet opuscule. *Absit modò a jocorum nostrorum simplicitate malignus interpres, nec epigrammata mea scribat.* L'auteur n'a eu qu'un but : être utile, en réagissant, dans la limite de

ses forces, contre des doctrines, qui, si
elles parvenaient à triompher, seraient la
honte et la ruine de la civilisation.

Un mot encore :

Les lettrés délicats, s'il en est qui dai-
gnent nous lire, nous reprocheront peut-
être certains mots trop crûs, certaines
expressions trop triviales ; qu'ils veuillent
bien nous les pardonner ; mais c'est sciem-
ment que l'auteur a agi ainsi ; il a cru qu'il
n'était pas donné à tout le monde d'aller
à Corinthe, et que, pour certains esprits, il
fallait quelquefois frapper fort, au risque
de frapper moins juste.

15 mai 1871.

Les Ruraux

Le plus âne *des deux*..........

(LA FONTAINE)

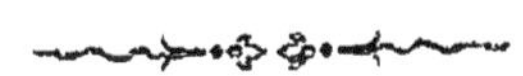

Les Ruraux ! vous les connaissez ! ce
sont les suppôts du despotisme, les séides
de la monarchie, les âmes damnées de la
théocratie, les ennemis de la République
une et indivisible, les amis des Prussiens.
Ce sont eux qui sont cause de la révolution
de Paris ; ils ont des partisans dans la
Commune ; c'est à eux qu'on doit la guerre
et la levée en masse ; c'est à eux qu'on doit
la paix et les cinq milliards à payer, et

aussi la maladie des bestiaux et la cherté du beurre et des œufs, et la peste qui pourra bien arriver à l'époque des chaleurs.

Ce n'est pas tout ; ils veulent rétablir la dîme et la main-morte, sans compter le droit du seigneur. Ils ne rêvent qu'églises et couvents. Ils veulent mettre le pape sur le trône de France, et faire de ce beau et gai pays une immense capucinière.

Oh ! les ruraux !

Mais j'oubliais un détail important : tous ces êtres, tout au plus bons à manger du foin, ces ruraux, pour mieux cacher leur jeu, se sont réunis au nom de la *chose publique* (ne pas confondre avec république) dans une ville bâtie par un tyran, et dans un palais tout plein d'horribles souvenirs de grandeur et de gloire.

Et ces gens-là osent s'appeler les représentants de la France. Ils s'intitulent :
Assemblée nationale ! les ma'heureux ! ils
ne savent donc pas que la nation française,
autrefois, *très-chrétienne,* comme elle se
disait, est aujourd'hui libre-penseuse ;
qu'elle ne croit plus ni à Dieu ni à diable ;
qu'elle a mis au rancart toutes ces vieilleries
de religion, de morale, de devoir, de propriété, de hiérarchie, bonnes tout au plus
pour des peuples dans l'enfance. Ils ne
savent donc pas, ces ruminants d'un autre
âge, que la France est devenue grande ;
qu'elle peut marcher sans lisières, et qu'en
fait de force, de lumières et de gloire, elle
peut fièrement en remontrer à tous les
peuples de l'univers et autres lieux.

Ah ! Messieurs les Ruraux, vous ne voulez pas de république. Ah ! vous ne voulez pas de l'égalité, de la liberté et de la fraternité ! eh bien ! nous en aurons sans vous, et malgré vous.

Nous serons tous égaux : plus de seigneurs, plus de maîtres, plus de patrons, plus de propriétaires. p'us de rois. plus de ministres, plus de préfets, plus de maires, plus de garde-champêtres, plus de généraux, plus d'officiers et surtout plus de gendarmes ! !

Nous remplacerons toute cette défroque du despotisme par des mœurs douces, aimables, simples, primitives comme au jour où les hommes sont sortis du sein de notre bonne mère la nature. Chacun bâtira son gîte, fera ses habits, ses souliers, préparera son pot-au-feu. On travaillera peu, mais on mangera beaucoup et on boira de même

Inutile de conserver pour le lendemain ; il n'y a plus de propriété. Le travail sera égal pour tous, mais les paresseux ne feront rien. Ce sera charmant et tout le monde sera content.

Tout le monde aussi sera intelligent, spirituel, fort, robuste. ni boîteux, ni bossus. tous taillés sur le modèle de l'Apollon du Belveder, un ancien rural qui se croyait mieux fait que les autres. Les passions seront inconnues ; plus de vices, rien que des vertus. Plus d'orgueil. p'us d'envie, plus de jalousie, plus d'ivrognerie, et plus de maladie, la sainte égalité, *sancta simplicitas* !

O ma France. que je suis fier de toi (sans regarder la colonne) en voyant luire l'aurore de ton âge d'or ! Merci, mon Dieu ! Après un tel bonheur je pourrai dire comme Jacob : J'ai assez vécu.

Et la liberté, Messieurs des champs, vous n'y croyez pas non plus; vous préférez des chaînes pour ce pauvre peuple, dont la souveraineté vous gêne, mais, sachez-le, sa patience est à bout. Les droits de l'homme vont fleurir par toute la terre, et surtout sur la terre *franque*. Ce mot dit tout, et bien autre chose encore : Demain, aujourd'hui peut-être, on ira où on voudra, on fera ce qu'on voudra, on dira ce qu'on voudra ! Si ça nous plaît, mes petits amis, nous irons chez vous, dans vos maisons, dans vos châteaux, nous y prendrons ce que nous voudrons, et, si ça nous amuse, nous vous appellerons voleurs ! Oui, voleurs ! la propriété c'est le vol, Proudhon l'a dit et Proudhon s'y connaissait ; s'il a dit le contraire plus tard ça été par oubli.

Quand je n'ai rien, il n'est pas permis à mon voisin d'avoir quelque chose. Il a travaillé pendant que je me divertissais, il a économisé pendant que je dépensais, c'est une faute de sa part ; c'est un crime contre l'égalité : la liberté n'a rien à y voir. Il veut laisser le fruit de son travail et de ses économies à sa femme et à ses enfants, nouveau crime, ainsi il les empêchera de travailler ; il veut se préparer un peu de repos pour la fin de ses jours, après une vie laborieuse, c'est un outrage à la fraternité ; il doute du cœur de ses frères.

C'est l'âge d'or, vous dis-je, et nul n'aura désormais besoin de rien ; les alouettes tomberont du ciel toutes rôties.

Tout cela est beau, admirable, prodigieux, n'est-ce pas ? Mais ce n'est rien, en comparaison du couronnement de ce bel édifice, de la noble et sublime fraternité qui doit mettre le comble à la félicité humaine.

Tambours, battez aux champs, trompettes, sonnez vos plus joyeuses fanfares et célébrez avec nous, dans une sainte allégresse, les miracles de la fraternité! Tous les peuples s'embrassent; de l'orient à l'occident, on élève des temples à la paix. Plus de guerres, plus de rivalités, plus de disputes, plus de querelles, plus de contestations, plus de procès. Arrière tous les canons, toutes les mitrailleuses, tous les fusils; arrière les tribunaux, les prisons et les avocats.

L'homme n'est plus un homme, c'est un ange!!

Vive la Fraternité!!

Messieurs les Ruraux sont-ils contents ?
comme dirait l'illustre Bilboquet, un ami
du peuple. Ah ! vous avez pensé que cela
pouvait toujours durer, qu il y aurait toujours des pauvres et des riches ? ah ! que
nenni, mon beau seigneur, *nous n'irons
plus au bois, les lauriers sont coupés.* A
chacun son tour, ou plutôt non, aujour-
d'hui c'est le tour de tout le monde : A bas
les riches, vivent les pauvres ! la blouse et
les sabots, le pain bis et la piquette pour
tout le monde.

Ah ! vous avez cru, mes bons amis, qu'il
vous suffisait, à vous, Monsieur le Marquis,
de faire un noble et généreux usage de
votre fortune en répandant l'abondance et
le bien-être autour de vous, en étant bon
et humain pour tout le monde, en dépen-

sant vos revenus, et quelquefois plus, au service de votre pays, en envoyant vos fils à l'armée pour défendre la patrie au prix de leur sang comme cet aristocrate de duc de Luynes qui est allé sottement se faire tuer à la tête de son régiment! Ah! vous avez cru que tout cela suffisait pour être un citoyen honorable et honoré! Erreur, Monsieur le Marquis. vous n'êtes qu'un rural, un affreux rural, un seine-oisillon comme l'a buriné sur ses tablettes immortelles l'illustre auteur de *Brididi*, le chevalier de la belle figure, l'ex-honorable comte Henri de Rochefort-Luçay.

Et vous, Monsieur le Magistrat, vous êtes-vous imaginé, par hasard, que trente ou quarante ans d'une vie austère passée à tenir la balance égale entre tous, au nom de la justice, était un titre suffisant au respect et à l'admiration ? Vous étiez donc aveugle, Monsieur, pour n'avoir pas vu que tant de belles années, passées dans votre cabinet ou au prétoire, étaient des années perdues pour la liberté, l'égalité et la fraternité. Rural, vous dis-je, vous n'êtes qu'un rural !

Et vous, Ouvriers de la Pensée, savants, écrivains, philosophes, artistes, quelle folie a donc été la vôtre de vous ingénier à creuser, à force de veilles et de travail, un sillon lumineux dans le vaste champ des sciences et des arts ? A quoi bon avoir pâli, au fond de vos retraites, sur vos livres et vos instruments de création et d'exploration ? A quoi bon avoir forcé, à coups de génie, l'admiration universelle après avoir dérobé ses secrets à la nature ?

Vous avez voulu le bien de l'humanité, dites-vous, et montrer à l'homme qu'il était réellement le roi de la création en lui apprenant à dompter les éléments et à les faire servir à porter ses lettres, à faire ses commissions et à lui donner, par surcroît, la gloire et l'immortalité.

Le bien de l'humanité, la gloire, l'immortalité, tout cela, mes amis, folie, archi-folie :

Ruraux vous êtes et ruraux vous resterez

Vous réclamez, Monsieur le Général, Monsieur le Maréchal, vous montrez vos blessures reçues sur vingt champs de bataille, votre sang le plus pur a coulé pour la défense et l'honneur du pays, vos états de service témoignent de quarante ans de loyauté et de bravoure à toute épreuve ; vous étiez à l'Alma, à Inkerman, à Solférino, à Sébastopol, et vous vous êtes montrés les dignes héritiers des Bayard et des Du Guesclin ; d'où sortez-vous donc, spectres de la réaction ? Qu'est-ce que cela, patrie, honneur, loyauté, bravoure ? Nous avons changé et rayé de nos vocabulaires tous ces mots monarchiques.

Vous n'êtes que des ruraux !

Je vous entends, Monseigneur : toute votre vie s'est écoulée en prières, en bonnes œuvres, vos mains ne se sont levées que pour bénir, vos lèvres ne se sont ouvertes que pour éclairer et encourager les faibles, vous avez pris pour devise : *Fortiter* et *suaviter*, vous avez envoyé vos prêtres porter la bonne nouvelle à tous les coins du globe, vos religieuses sont allées s'asseoir au chevet de tous les mourants, de tous les malades, de tous les infirmes ; vos ouailles ont bâti des églises pour les fidèles, des hôpitaux pour les déshérités de ce monde, des refuges pour les vieillards et des abris pour les enfants sans père et sans mère.

J'entends, Monseigneur ; toutes les misères ont trouvé, auprès de vous et des vôtres, appui et consolation; sous votre main les plaies se sont cicatrisées; au souffle de votre parole l'espérance et la résignation sont entrées au cœur du malheureux, et il a compris, en songeant à la patrie céleste, *que l'homme ne se nourrit pas seulement de pain*, et que l'auteur de cette parole, le rural Jésus, votre maître, Monseigneur, était peut-être un grand philosophe, c'est-à-dire un grand ami de la sagesse, puisqu'il a mérité qu'on dît de lui : *Transiit benefaciendo*

J'oubliais ; votre maître a pardonné à ses

ennemis, à ses bourreaux, bien plus il **a**
prié son père de les combler de ses bienfaits;
il a montré une grandeur d'âme inconnue
à la terre.

Billevesées! sornettes que tout cela,
Monseigneur; votre maître et vous, vous
avez voulu singer la fraternité et vous n'en
avez fait que la parodie grotesque; votre
charité, votre dévouement, votre abnéga-
tion, votre désintéressement, vos vertus,
autant d'hypocrisies, bonnes à attraper les
nigauds; et nous n'en sommes pas.

Monseigneur, la porte est ouverte et la
ménagerie rurale attend son plus bel orne-
ment.

— Pardon, Monsieur le citadin, *Ruraux*, où prenez-vous ça ?

-- Vous êtes bien curieux, mon ami, ruraux c'est comme, *tartre à la crème*, ça répond à tout. Par exemp'e : je vous donne un coup de pied au bas du dos ou ailleurs : vous vous plaignez. Crac ! vous êtes un rural. Je vous prends votre bourse : vous vous fâchez, vous voilà de nouveau rural ; je vous insulte, vous prenez mal la chose ; rural, toujours rural. Vous voyez que c'est bien clair.

— l'as trop ! mais enfin, puisque vous le dites, je veux bien le croire : vous êtes si savants, vous autres des villes.

— Rural que vous êtes, comme on voit bien que vous sortez de votre village, où la lumière n'a jamais pénétré. Sachez donc que nous appelons *ruraux* tous ceux que le suffrage universel a nommés pour représenter la France. Or, le suffrage universel est un impertinent qui a donné raison à la majorité des voix du pays contre la minorité, parce qu'il y a plus de petites communes que de grandes, et plus de paysans que de bourgeois. Ce qui fait, suivez bien mon raisonnement, que le plus grand nombre l'emporte sur le plus petit, et que les campagnes l'emportent sur les villes, ce qui est absurde, attendu que la minorité doit toujours être supérieure à la majorité et que *cinq* est plus fort que *dix*.

— J'avais cru....

— Oh! je sais bien ce que vous allez me dire : l'arithmétique est une belle chose, mais il faut savoir s'en servir, et nous avons trouvé à cet égard une petite réforme qui enfonce tous les barêmes du monde et que les préjugés avaient rendue nécessaire. Vous croyez peut-être, naïvement, comme tant d'autres, que deux et deux font quatre et que les trois quarts d'un tout font presque un entier? Oui, à première vue, ça paraît ainsi, mais il n'y a que les simples et les imbéciles, les ruraux enfin, qui s'y laissent prendre. Vous connaissez un peu de musique, vous savez qu'une ronde vaut quatre noires; eh bien, dans notre Barême revu, corrigé et augmenté, c'est encore plus fort, un citadin vaut dix ruraux, par conséquent deux citadins et deux ruraux ne font plus quatre hommes, mais vingt-deux. On aura un peu de peine à se faire à ce nouveau système, mais grâce aux progrès des lumières, à la liberté, à l'égalité et à la fraternité on y arrivera.

— Je ne comprends pas très bien.

— Ça ne m'étonne pas. c'est de l'arithmétique transcendantale au-dessus de la portée
d'un rural, c'est l'arithmétique de l'avenir, c'est du Wagner appliqué au calcul.

— Mais, pourtant, Monsieur, le suffrage
universel a été réclamé au nom de la liberté, de l'égalité et de la fraternité, et je
m'étais laissé dire que c'était le meilleur
moyen d'avoir l'avis de tout le monde,
puisque tout le monde ainsi donne *librement, également* et *fraternellement* son avis.

— Oui; sans doute, en apparence, mais
en réalité il n'en est rien. Le suffrage universel est un instrument de despotisme, et
quand nous l'avons demandé nous le sa-
vions bien ; mais nous voulions faire une
niche à tous les pouvoirs présents, passés
et futurs. Nous voulions être le pouvoir
nous-mêmes. Nous nous sommes trompés,
et aujourd'hui nous n'en voulons plus.

— Pourquoi ?

— Pourquoi ? parce que l'État c'est nous, nous, les habitants des villes. C'est nous qui avons tous les talents, tous les génies, toutes les lumières, toutes les richesses, toutes les productions du sol, toutes les mines, tous les chantiers, toutes les usines, toutes les manufactures, toutes les fabriques, tous es arsenaux, toutes les citadelles, tout, tout, tout.

— Et nous ?

— Rien.

— C'est peu; pourtant il me semble, sauf votre respect que le vin que vous buvez pousse un peu chez nous, que le pain que vous mangez n'est pas venu tout seul à la ville, que la laine que vous portez pourrait bien avoir été sur le dos de nos moutons.

et que votre beurre et vos œufs sont aussi de nos connaissances. Quant à vos mines, m'est avis que c'est nous qui les exploitons, et le bois de vos chantiers peut bien aussi avoir été coupé dans nos forêts.

— Qu'est-ce que cela prouve? sinon votre infériorité! vous êtes les bras, les jambes, nous la tête, l'intelligence, le foyer de la lumière, la direction, la force vive et la toute-puissance républicaine.

Vous travaillez, vous marchez pour nous, et nous, nous pensons pour vous. Sans notre protection vous seriez des bêtes de somme, des charrues croyant en Dieu.

—Décidément votre éloquence me bouleverse. Je perds le peu de cervelle que j'avais.

— C'est le soleil qui vous éblouit, mon

ami, mais rassurez-vous, il luit pour tous les hommes de bonne volonté qui pensent comme nous, et je vous apprendrai à le regarder en face. Avant tout, il faut que vous soyez un homme, un citoyen, un républicain enfin ; car hors de la République point de salut. C'est elle qui doit sauver la France de la lèpre des ruraux et, après la France, le monde, comme dit le grand citoyen Delescluze.

— Vous voulez donc les extirper, comme une molaire malsaine, les ruraux ?

— Non, mon ami, non ; seulement au nom de la liberté, de l'égalité et de la fraternité, nous voulons tout simplement leur ôter le droit d'avoir voix au chapitre des affaires publiques, c'est-à-dire de voter, jusqu'au jour où ils penseront comme nous.

En attendant ils continueront, comme par le passé, à nous nourrir, à nous vêtir et à nous chauffer.

— Mais de quel droit nous ôterez-vous ce droit ?

— De quel droit ? Il n'y a plus de droit, il est primé par la force. Et d'ailleurs la république est au-dessus de tout droit, et malheur à qui voudrait toucher à cette arche sainte, on ne lui laisserait pas même le temps de demander une cellule au monastère de Mazas.

— Au fond je ne suis pas fâché de tout ce que vous me dites-là parce que j'étais fort inquiet de mon gars qui devait tirer au sort l'année prochaine ; maintenant, me voilà tout-à-fait rassuré : du moment qu'il n'y a plus de droit, il n'y a plus de devoir, plus de conscription, plus d'armée, et ça va nous faire de fières économies. Vrai, votre république est une jolie chose, et j'en suis.

Vive la république !

— Tout beau ! vous allez trop vite en besogne . nous supprimons les droits, mais nous laissons les devoirs.

— Comment ?

— Certainement : nous avons besoin de l'armée, et il faut qu'elle soit à nous. Elle doit nous aider fraternellement à conquérir la France et le Monde aux bonnes idées. Elle avait déjà commencé, et sans les ruraux elle aurait continué, mais l'avenir est à nous.

— Oui, décidément vous auriez raison, nous serions des imbéciles si nous vous laissions faire. Vous ne voulez pas que nous ayons voix au chapître, comme vous dites, mais vous voulez bien nous prendre nos enfants pour aller verser leur sang pour défendre le pays déchiré par vos folies. Vous deviez tout sauver, disiez-vous, et grâce à votre incurie et à votre incapacité nos enfants ont manqué de pain, de vêtements et d'armes. On les a livrés, épuisés et sans défense, aux égorgements de l'ennemi.

Vos dépêches menteuses ne chantaient que victoire; et les défaites succédaient aux défaites; haut les cœurs ! s'écriait-on, et le ridicule le disputait à l'ineptie, et nous étions la risée du monde entier.

On se demandait, avec stupeur, comment une nation si grande, si noble, si intelligente, cette terre de tant de héros, avait pu tomber si bas et perdre la conscience d'elle-même au point de s'être laissé imposer la honteuse dictature d'un avocat sans cause, dont tout le glorieux passé était un scandale d'audience.

— Vous vous fâchez, rural

— Oui, rural tant que vous voudrez, mais je vous dirai ce que je pense de toutes vos sottises.

— Allons, calmez-vous. Vous ne comprenez rien à la politique de l'avenir. La république avait promis de sauver la France, mais les Prussiens ne l'ont pas voulu. Courbés sous le joug du despotisme, ils ne sont pas encore assez éclairés pour comprendre la fraternité des peuples. Un jour viendra qui ne peut tarder, où ils s'affranchiront des superstitions de toute religion, de toute morale, de toute autorité, de toute hiérarchie, de toute discipline, et, alors, la main dans la main, comme des frères, nous marcherons ensemble à la conquête de l'humanité, après avoir égorgé les rois, massacré les prêtres, pendu les honnêtes gens, guillotiné les propriétaires, les magistrats et les chefs de toute espèce qui font obstacle à la liberté, à l'égalité et à la fraternité.

Le monde est pourri, il faut le purifier. Et, après avoir accompli cette sublime mission de haute et basse justice, comme Phyrrus, heureux et contents nous reviendrons au sein de nos cités jouir en paix du fruit de nos travaux.

— De vos brigandages, voulez-vous dire ?

— Vous êtes incorrigible, rural, mon ami ; l'obscurantisme a abruti votre intelligence. Vous ne comprenez rien à la grande morale, à la morale indépendante.

Avez-vous lu Hobbes, l'éminent moraliste? Non, peut-être : eh ! bien ! sachez que cette fleur des pois des philosophes a été l'un des plus illustres précurseurs de nos admirables doctrines ; c'est lui qui a dit cette profonde parole : *Homo homini lupus* ; c'est ui qui a découvert, avec son génie hors pair, que le préjugé qu'on appelle la morale était une invention des prêtres et des rois ; que l'homme est né libre, et qu'il peut faire tel usage qu'il lui plaît de sa liberté ; qu'il peut voler et égorger tout à son aise, si la fantaisie lui en prend. Voilà, mon ami, les grands principes qui doivent régénérer l'humanité, et dont nous serons les apôtres, le fer et le feu à la main. Nous ferons le bonheur du monde malgré lui.

— Vous êtes fou !

— Nou pas ; qui veut la fin doit vouloir les moyens. L'espèce humaine est gangrenée jusqu'à la moëlle des os, et, sans remèdes violents, pas de guérison possible. Nous reprenons la suite des affaires de nos frères de 93.

— Et vous pensez qu'on vous laissera faire ?

— Il y aura bien quelque opposition, mais avec de la patience comme M. de Bismark, nous y arriverons. Le peuple, voyez-vous, mon cher rural je vous le dis en confidence, n'est pas malin ; avec des belles phrases, des grands mots bien ronflants, on en fait tout ce qu'on veut ; sa naïveté le perdra toujours : il est crédule en diable. On peut impunément lui promettre de lui donner la lune : il croira que cela est possible et n'en demandera pas davantage. Je sais bien que nous lui avons promis plus de beurre que de pain, et que peut-être il n'aura bientôt plus ni l'un ni l'autre. Qu'importe ! Il croit fermement à nos promesses, cela suffit. En voulez-vous un exemple : notre amie l'Internationale, qui n'est pas bête, a promis au peuple le gouvernement du monde entier et le peuple l'a crue. Elle lui a promis la suppression des patrons, et le peuple l'a crue, elle lui a promis la suppression des riches, et le peuple l'a crue ! elle lui a promis la suppression du travail,et le peuple l'a crue ! elle lui a promis la richesse, elle lui a promis le bonheur, et le peuple l'a crue encore. Et de tout cela que lui a-t-elle donné ? la guerre civile, le chômage, la misère, et pis que tout cela la honte. N'importe! la foi du peuple est robuste : il a confiance dans ses apôtres. Il va se faire tuer pour eux, tandis que ceux-ci se gobergent à bouche que veux-tu, et se prélassent dans des salons richement capitonnés.

— Vrai, je n'aurais pas cru....

— Quoi! le peuple si bête, dites le mot?

— Eh bien! oui, c'est ce que je pensais. Car enfin, sans travail pas de richesse, et sans richesse, peu ou prou il faut mourir de faim. Le blé ne pousse pas sans labourer la terre, la farine ne se fait pas sans moulin, et le pain a besoin d'être pétri et d'être cuit pour être mangé. Le raisin a besoin d'être pressé et la laine a besoin d'être tissée, et je ne pense pas, malgré toute la science des villes, qu'on puisse remplacer la charrue, le moulin et le pressoir par de belles paroles.

— Nous savons ça aussi bien que vous ; mais là n'est pas la question. Le peuple ne raisonne pas heureusement, sans cela nous serions perdus et jamais nous ne pourrions réaliser la liberté ; l'égalité et la........

—Fraternité; assez, je la connais celle-là. Alors, M. le citadin, c'est donc vous urbains qui, au fond, êtes les ruraux ; car je vous avertis que nous. qui sommes encroûtés de superstition, comme vous dites si élégamment, et qui croyons à Dieu et même aux saints, nous ne sommes pas si béjaunes que ça. Jamais on ne nous fera croire qu'on peut vivre sans travailler. Le travail, c'est la grande dette de l'humanité, et

chacun doit la payer dans la limite de ses
forces et de ses moyens. C'est une néces-
sité de la vie et personne ne peut s'y sous-
traire sans lâcheté. Tous les lots ne sont pas
les mêmes, mais il y en a pour tous. Aux
uns les travaux de l'esprit, aux autres les
travaux du corps. On peut choisir, mais on
n'a pas le droit de s'abstenir.

— Très-bien, mon ami, vous devenez
éloquent, et ce n'est pas moi qui vous con-
tredirai. Seulement, vous oubliez qu'il
faut prendre l'homme par son faible, si on
veut le gouverner, et c'est ce que nous
faisons. Le travail est une peine, et. quoi
que vous en disiez, on ne l'aime pas ou on
l'aime peu ; et le peuple est comme tout
le monde, plus que tout le monde peut-
être, ami du repos. Aussi, voyez nos caba-
rets, nos cafés, ils sont toujours pleins. Ne
rien faire, boire et s'amuser, voilà l'idéal

du bonheur qu'il rêve et que nous lui pro-
mettons. Voilà pourquoi nous sommes
forts et pourquoi vous êtes des ruraux.

— Ruraux, soit! je veux bien, et je m'en
fais gloire puisque le mot signifie noblesse,
honneur, loyauté, intelligence, charité,
dévouement, héroïsme. amour de l'humanité, amour de la patrie et amour de
Dieu. Mais, mon pauvre citadin, il faut
avouer que si ce que vous dites est vrai,
vous n'auriez pas lieu d'être bien fier de la
population intelligente de ce que vous appe-
lez les grands centres. Car, à vous entendre, elle serait descendue au-dessous de la
brute. Celle-ci, au moins, repousse in-
stinctivement tout ce qui lui est nuisible et
celle-là ferait tout le contraire. Je sais bien
que les événements actuels ne vous donnent
que trop raison, mais ce n'est là qu'une
folie passagère, qu'un moment de fièvre,

que le bon sens, qui ne perd jamais ses droits, parviendra à guérir. Et si le bon sens ne suffit pas, la faim fera entendre sa voix impérieuse, et vos mensonges seront impuissants à la faire taire. On ne vous écoutera plus, on voudra du pain à tout prix : *Ventre affamé n'a pas d'oreilles*. Et vous tous citadins qui avez trompé le peuple, par la plume ou par la parole, vous serez les premières victimes de l'ouragan que vous aurez déchaîné.

Le peuple n'est pas malin, dites-vous, mais il est logique, et il tire impitoyablement les conséquences des principes qu'il a reçus. Vous récolterez ce que vous aurez semé, et ce sera votre châtiment. Le moment serait bien choisi alors pour tracer une ligne de démarcation entre urbains et ruraux ; seulement ce n'est plus vous qui la traceriez, mais nous, ruraux. Nous établirions un cordon sanitaire autour de nos bourgs, autour de nos villages, autour de nos hameaux pour nous garantir d'une peste, mille fois plus dangereuse que la peste bovine, la peste démagogique.

— Monsieur le rural, la peur vous emporte. Vous ne comprenez rien à la question sociale. Lisez l'histoire, et vous verrez que l'humanité qui est perfectible, passe successivement par des évolutions, qu'on appelle révolutions, qui la conduisent graduellement au but où elle tend, c'est-à-dire à la perfection et au bonheur. Mais ce progrès, car c'est là le progrès, ne peut s'accomplir sans déchirements et sans sacrifices. Et nous, les missionnaires de la République universelle et de la révolution sociale, les représentants du progrès indéfini, nous nous opposerons par tous les

.moyens à l'intrusion dans les affaires de la France que nous voulons régénérer, de tous ceux qui, comme vous, sont imbus des vieilles idées qui paralysent nos efforts et empêchent l'émancipation sociale.

— Je ne comprends pas grand'chose à toutes vos idées de perfectibilité, d'émancipation et de progrès, et je n'en conteste pas la vérité ; mais s'il faut acheter toutes ces belles choses au prix du sang de nos enfants, de notre honneur et de celui de la France, je n'en veux pas entendre parler. Quant à notre intrusion, comme vous dites dans votre langage élevé, dans les affaires publiques, je consens aussi à vous l'épargner ; mais à une condition, c'est que tout sera rompu entre nous, et que vous ne vous mêlerez plus d'aucune façon de mes affaires, que je pourrai aller et venir librement sans

être arrêté à chaque pas par vos barrières,
par vos octrois et par vos douanes ; que je
pourrai vendre, acheter, donner, tester,
hériter sans que le fisc y vienne mettre le
nez, enfin sans payer de contributions, ni
directes, ni indirectes, ni sur le tabac, ni
sur le sel, ni sur le papier, ni sur les lettres,
ni sur rien, et surtout sans payer l'impôt
du sang. A ce compte-là vous pouvez être
tranquille, M. le citadin ; nous ne vous
gênerons plus, et puisque nous sommes
trop peu éclairés pour voter, nous devons
l'être trop peu aussi pour payer.

— Pas trop mal pour un rural, mon
ami, seulement ce que vous demandez là
est impossible. Nous pouvons bien nous
passer de votre suffrage, mais non pas de
votre argent ni de vos enfants. Il nous faut,
je vous l'ai déjà dit, une armée, sous un
nom ou sous un autre. Il nous faut aussi

des fonctionnaires de toute espèce qui à notre grand regret, croiront devoir se faire payer par un reste d'habitudes déplorables contractées sous les despotismes. Nous en gémirons autant que vous, mais l homme n'est pas encore parfait.

Patience, ça viendra et alors vous ne payerez plus rien. En attendant, n'oubliez pas de passer chez le percepteur, sinon on vendra votre champ et vos bestiaux.

— Oui-dà ! vous prendrez tout et vous nous laisserez le reste. Je ne l'entends pas de cette oreille-là. Foi de Jean-Pierre Kermadec qui est mon nom, il n'en sera rien, et je vais vous dire pourquoi : **Je suis Français, mon bel ami, et de plus**

Breton, ce qui veut dire entêté, et nous allons régler nos comptes, s'il vous plaît. La France est à nous, comme à vous. C'est une propriété indivise et nous ne voulons pas sortir d'indivision. Pourquoi abdiquerions-nous ? N'est-ce pas le travail et la vaillance de nos pères qui l'a faite ce qu'elle était naguère et ce qu'elle sera encore, Dieu merci ! N'étaient-ce pas nos pères ceux qui combattaient à Denain, à Fontenoy, à Bouvines, à Rocroy, à Nordlingen ? N'étaient-ce pas nos pères les Condé, les Turenne, les Catinat, les Villars, ces ruraux illustres, qui portèrent si haut le nom de la patrie ! Et vous voulez que nous répudiions l'héritage de gloire qu'ils nous ont laissé. Non, mille fois non ; Français nous sommes, Français nous resterons. Avez-vous songé d'ailleurs à votre monstrueuse injustice et à votre ingratitude sans nom. Regardez ; vous voulez nous traiter en parias, et c'est à nous que vous devez tout : vos villes, dont vous êtes si fiers, c'est nous qui les avons bâties ; vos canaux, c'est nous qui les avons creusés, vos chemins de fer, c'est nous qui les avons consruits ; vous ne pouvez pas faire un pas sans fouler un sol que nous n'ayons baigné de notre sang ou arrosé de nos sueurs.

Non, nous n'abdiquerons pas. Nous avons notre part de la peine, nous voulons notre part de l'honneur. Nous revendiquerons hautement le droit de nous intéresser aux affaires de notre pays, avec liberté, avec égalité, et, si c'est possible, avec fraternité, malgré les clameurs des missionnaires du progrès et des représentants de la République universelle. Ah ! je sais ! nous sommes des *charrues croyant en Die* , nous marchons au scrutin sous la conduite de nos curés, de nos vicaires, de nos marguil-

liers, de nos sacristains, de nos enfants de
chœur, croix et bannière en tête, et nous
votons comme un seul homme pour des représentants de l'ordre de la morale, de la
religion et de la propriété. Oui, eh bien !
après ? Est-ce un crime? N'avez-vous pas
le droit, si bon vous semble, de voter pour
des représentants du désordre, de l'immo-
ralité, de l'impiété et du vol? Notre droit
n'est-il pas égal au vôtre ? Ne sommes-nous
pas citoyens et Français au même titre que
vous? De quoi vous plaignez-vous? où est
l'injustice, où est l'inégalité ? Si nous subis
sons la légitime influence de nos prêtres et
de nos magistrats en qui nous avons confiance, ne subissez-vous pas, vous aussi,
celle des clubs et des meneurs de toute espèce? Soyez franc ; vous n'aimez la liberté
que pour vous et vos adhérents ; l'égalité,
vous vous en moquez parfaitement, et vous
seriez bien désolé qu'elle fût prise au

sérieux ; la fraternité, vous la pratiquez à
la façon de Caïn qui n'a pas fait à son frère
un sort qui nous fasse bien envie. Quant à
la France, si par malheur elle vous écoutait,
elle tomberait sous le joug du plus hideux
des despotismes, et bientôt il faudrait la
rayer du nombre des nations civilisées. Heureusement, vous êtes percés à jour, Messieurs les Révolutionnaires. On voit clair
dans votre jeu, et de quelque nom que vous
vous affubliez, Communeux, Communistes,
Progressistes ou Républicains, désormais
nous saurons à quoi nous en tenir sur vos
intentions et sur vos projets : l'épreuve est
faite. Le sang qui coule dans Paris rejaillit
sur vous. Il ne tache, il ne peut tacher que
vous.

C'est vous qui depuis plus de cinquante ans,

sous prétexte de libéralisme, de républica-
nisme ou de progrès, avez éveillé et soule-
vé les plus mauvaises passions. C'est vous qui
à la tribune ou dans la presse, avez prêché et
préconisé la révolution dont une populace
affolée tire aujourd'hui les conséquences
extrêmes. Dans sa logique impitoyable, elle
va jusqu'au bout. Vous, et vos journaux,
vous avez chaque jour, à chaque heure,
prêché au peuple l'athéisme, le matéria-
lisme, la morale indépendante, et, aujour-
d'hui, le peuple ferme vos églises, chasse ou
emprisonne vos prêtres, pille vos caisses publiques, démolit vos hôtels, vend vos meu-
bles et vous déclare traîtres à la patrie : Il a
parfaitement profité de vos leçons. Et, à son
tour, il vous en donne une. En profiterez-
vous ? Comprendrez-vous enfin, hommes

d'État, philosophes, littérateurs, que dans l'ordre moral comme dans l'ordre physique tout se tient ; que tout édifice dont Dieu n'est pas la clé de voûte doit infailliblement s'écrouler ; que toute société sans religion et sans morale finit par disparaître ou par retourner à la barbarie, et, par conséquent, que toute doctrine qui attaque Dieu, la Religion, ou la Morale, attaque la famille, l'État, la société, et devient ainsi un crime de lèse-nation que la folie, l'aveuglement ou l'orgueil empêchent seuls d'apercevoir.

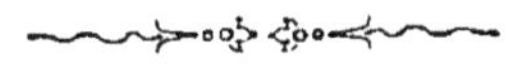

P. S. — Au moment où nous terminons

ces lignes, il nous arrive un document émané de la commune de Paris et adressé aux travailleurs des campagnes, au nom de la République, de la liberté, de l'égalité et de la fraternité. Les extraits que nous donnons plus bas prouveront, à ceux de nos lecteurs qui penseraient que nos tableaux sont de pure fantaisie, que nous n'avons rien exagéré et que le langage prêté par nous à la démagogie on le trouve tous les jours dans les écrits de ses défenseurs :

« Voilà près d'un siècle, paysan, pauvre
« journalier, qu'on te répète que la propriété
« est le fruit sacré du travail, et tu le crois.
« Mais, ouvre donc les yeux et regarde
« autour de toi ; regarde toi-même et tu
« verras que c'est un mensonge.

« Non, frère, le travail ne donne pas la
« propriété. Elle se transmet par hasard
« ou se gagne par ruse.

« Les riches sont des oisifs, les travail-
« leurs sont des pauvres, et restent pauvres.
« C'est la règle, le reste n'est que l'excep-
« tion. »

(Extrait de l'Adresse aux Travailleurs de
la campagne envoyée par la commune de
Paris.)

Typographie E. Renault, à Saint-Malo

www.ingramcontent.com/pod-product-compliance
Ingram Content Group UK Ltd.
Pitfield, Milton Keynes, MK11 3LW, UK
UKHW021128140726
13695UKWH00004B/1780